令和川柳選書

よけいにさみしくなる

たむらあきこ川柳句集

Reiwa SENRYU Selection
Tamura Akiko Senryu collection

新葉館出版

令和川柳選書

よけいにさみしくなる■目次

令和川柳選書

よけいにさみしくなる

Reiwa SENRYU Selection 250
Tamura Akiko Senryu collection

第一章

わたしの断層

（わたしの断層10句）

滝音をひろげるたましいのなかへ

あのひとの影を濯《すす》いでいるのです

訃《ふ》のあとを漂うわたくしのさくら

それからのひとりは巡礼のかたち
言葉ひとつ捕えてきみを裏返す
風にながされ糸口が攫《つか》めない

調温《ちょうおん》のできぬあの日は迂回《うかい》する
傷あともわたしもすこしずつ錆びる
長くなる影に問われる方向性

わたしの断層にはなびら入り込む

新しい現実きみがいなくなる

（いささかは遺る7句）

訃のあとのひとり　独りの音といる

きみはもう静けさに居る　石の下
あのひとが渡りあの世が活気づく
訃のあとをきみの記憶が蘇《よみがえ》る

残像をあつめてきみが分かりだす

いちまいのメモにもいささかは遺《のこ》る

うしろめたさをきのうの抽斗《ひきだし》にしまう

（逢うてきた独り21句）

満ち足りてからの名残《なごり》に浮いている
チグハグなことばで探《さぐ》りあっている
同意できぬあたりは下を向いておく

ふいに噴《ふ》くものあるらしいひとりごと
あのときの無念が繋《つな》ぎとめている
残り時間ないのにきみと行きちがう

ふたつ目の答は沈黙でかえす
もう初期化できないわたくしの心
面取りをしておく怒りだとしても

へその裏あたりで蠢《うごめ》いたナイフ
もう別れらしいことばが嚙み合わぬ
わたしの中だけがこじれているらしい

煽《あお》ってくる顎《あご》へは沈黙でかえす

怒りいくばく尖《とが》る行間

突《つつ》かれてしまうとわたくしも尖る

知らんぷりしとく　行間なのだから

つれなさへ鎌《かま》の月《つき》までついてくる

限界も他人になれぬままにいる

つぎに逢う口実さがす別れぎわ

つかのまを雨聴く逢うてきた独り

わたくしのひとりはいつも亜寒帯

（わたしを眠らせる5句）

わたくしの闇がわたしを圧《お》してくる
後悔がきのうの闇を引きよせる
自問自答の夜がそれから冴えてくる

砂の城の中にわたしを眠らせる

点描《てんびょう》の雪に紛《まぎ》れてゆくきのう

訃のあとをいまはわたしの中に棲む

（砂の絵になった12句）

手繰《たぐ》っても記憶の穴がふさがらぬ
身のうちの雨がそれから深くなる
ゆったりと過去を歩いているところ

きのうの絵のなかの迷いになっている
流れ星ひとつあなたがいなくなる
曇天の似合うひとりを生きている

影ひとつ曳きたどりつく十二月

約束の軽いまたねが残る耳

去りぎわのきみのまたねをまだ恃《たの》む

あなたとのきのうも砂の絵になった

わたしの立ち泳ぎも影が長くなる

秋もわたしもこれから褪《あ》せてゆくばかり

（地下街の独り4句）

長くなる影が迷いをでられない

地下街の独りレンズにさぐられる

ひとことが刺さって闇を醒《さ》めさせる

（影も離れだす8句）

温度差へおっくうになりだす逢瀬《おうせ》
すこしくどいあなたへレモンひと搾《しぼ》り
合鍵にいつか不信がからみつく

冷めたまなざしに踏まれているのです

関係を喩《たと》えでささやかれている

薄すぎるベールに覆《おお》えないきのう

身を躱《かわ》しゆくとき影も離れだす

いまはもう晴れるわたしの中のそら

（まだ飼っている7句）

捨ててきたもののいくばくいまは晴れ

わたしのなかのきのうもやわらかくなった
あれからの独り　ひとりの誕生日
過去ひとつ引きずる窓ぎわのカーブ

蛇行してしまうわたしという弱さ

行き場ないこだわりをまだ飼っている

あのひとのさすがは逝ってから光る

（雷遣りすごす10句）

あのときの自分に向けている苦笑

あなたとのきのうを括《くく》りきれぬまま

わたしにはわかると自意識が入る

群れをでる独りときどき立《た》ち竦《すく》む
立ち止まりながら覚悟になってゆく
わたしの中に棲む半分は逝った人

点滅のきのうと戯《たわむ》れる独り
雷鳴とあるくさみしさの極み
あの世この世のひとと雷遣《や》りすごす

Reiwa SENRYU Selection 250
Tamura Akiko Senryu collection

第二章
すこしずつ詰めゆく

訃報に触れる宴《うたげ》たけなわ

泥のように眠り師の訃に耐えている

居眠りのつづきのように逝きました

（纏いつく雨12句）

わたくしの中へと括《くく》る 逝ってから
残像の師がたましいのなかに棲む
煮つめるきのうこれも祭りか

きみの訃へいつもの春が探せない

逝ったひとの声まで炙《あぶ》りだす日記

訃のあとも回り続ける洗濯機

訃に返るメールさすがにない絵文字

訃へ渇《かわ》くわたしに雨の横なぐり

わたくしのきのうに纏《まと》いつく雨だ

ともだちになったやんわり踏んでから

（あなたが遠くなる12句）

わたくしのすき間を埋める送受信

酔うほどにはだかわたしを脱ぐわたし

さみしさが表情筋《ひょうじょうきん》を硬くする
小煩《こうるさ》く大切にしてくれている
掴まれてあなたの藁《わら》になっている

一刺しを返し遠ざけられている
結び目はそのまま　誤解なのだから
ほほえみかけているのに沈黙が返る

相づちをうかつに打てぬ罠《わな》がある

それでも仲がよいとは不審《ふしん》なのだろう

わたしの中で終わりあなたが遠くなる

幕おりるまで踠《もが》くうつし世

いまさら逢えぬこころ硬直

たましいを駅に忘れてきたらしい

（きのうの残滓9句）

わたくしの虹も縛《しば》っていた鎖
さみしくていのちが狂い咲きをする
あやまればよかった身のうちの湿り

そっとにぎり潰《つぶ》した手のひらの予感

祭り果てもとのひとりの影になる

きのうの残滓《ざんし》ばかりあつめている独り

こころざしの欠けらを遺句集に拾う

（日記の中で折っている6句）

手の届きそうなきのうに立っている

ともし火のひとつが消えてめぐる春

過去形のつぶやきばかりでてしまう
引きこもっていた噴水になるまでは
逝ったひとを日記の中で折っている

切りきれぬ絆《きずな》をたぐり寄せている
音信不通の長さもしやをからませる
たましいをぎゅっと掴んでくる声だ

（平行線でいる11句）

その後どうと親近感をだしてくる
擦《す》れ合っていますす同質性の渦
受け取り方だった　それから軽くなる

わかったと両手で握り返される
深い目に攫《さら》われそうになってくる
泣いていた　ところどころを針にして

生きているうちはつまんでしまう悔い

いつか分かるはずと平行線でいる

乾かない過去がぼんやり蹲《うずくま》る

（終わらない吐息8句）

浮き雲かわたしか　漂流の途中
運も袋小路　ひとりを立っている
検索に逝ったおとこがヒットする

わたしのなかのきのうに目鼻欠けてくる
モノローグ 声はきのうに入り浸る
独り居がときどき鬼を犇《ひしめ》かす

自問から自問へ終わらない吐息

滝音がひびくあなたの遺影から

逝ったひととのきのうをすくう銀の匙《さじ》

（きのうがぶらさがる6句）

自問自答が一人笑いになってゆく

私はわたしをだませない　動悸

囃《はや》されていたのはわたくしの虚像

フィクションの端にきのうがぶらさがる

ここにいるだけで誤解をされている

わずかだとしてもことばに棘《とげ》がある

（毒には毒を6句）

面取りをするから耳にとまらない
くすぐりが効いたか眉がやわらかい
裂け目かがるうちは続いてゆくだろう

毒には毒を答にすこし足しておく

トヨアシハラノミズホノクニの梅雨暗し

（愛のあるうちに5句）

染みついた雨がわたしを離れない

おんなひとりは旬がしばらく長くなる
抽斗《ひきだし》に酔わせた過去たちの独語
真っすぐにサヨナラ愛のあるうちに

（すこしずつ詰めゆく9句）

逝ったひとのときどき炙《あぶ》りでる指紋

きみの遺影がわたしの中に呼ぶ驟雨《しゅうう》

にび色の空が迷いをふかくする

段ボールいくつ未練を積みあげる

逝ったひとのコトバが局面をひらく

目的に引き締められている余白

終章へいま忘恩をひきよせる
老人になってゆくのも役だろう
すこしずつ詰めゆくひつぎまでの距離

Reiwa SENRYU Selection 250
Tamura Akiko Senryu collection

第三章

水が来て座る

行方不明のきのうがのぞく古日記

（畳みきれぬもの9句）

ひび割れたこころに染みる五月晴れ

漂流のある日は青天《せいてん》を拒む

立ちつくす炎天ひらがなのように
引きよせるきのうがいまを濁らせる
きのうの水の影を遺している写真

家族だとしてもそのあたりは仮面

それからの鳥 曼陀羅《まんだら》の隅にいる

畳みきれぬものをたたんで三回忌

つかのまの逢瀬　草の実つけ帰る

ぼんやりのすき間をついてくる刺客

生き方をゆるさないのは枠《わく》だろう

（漂流の独り11句）

鼻うたで捨てる　恋文《こいぶみ》だとしても

ハミングへ影は現実逃避する

他人と気づきはじめたひとと月の下

そんな沈黙の重さへ問いかける
引きよせる記憶にいつか骨がない
雨模様になるひょっこりの古日記

きのうのことへはモルヒネを足しておく

どの位置で覚めても漂流の独り

ふたりから独りへくっきりときのう

（着信音12句）

あんなひとの写真剥がして捨てきれず

一閃のいのちこの世をぬけてゆく

暗転の鮮やかそれからの独り

風になるそんな救いもあるだろう

透明になる潮時もあるだろう

きのうばかり溜めるわたしのなかの沼

カラフルを咲かせてわたくしの孤独
引きよせるきのう無色になりかかる
日常の続きにあざやかな句点

食欲を点してわたくしの独り

弁当の途中でひろう着信音

訳《わけ》ありのおとこに送られる秋波《しゅうは》

（見切りをつけられる8句）

針がある　詰まるところの妬心だな
焦《じ》れているらしいときどき変化球
軽いのかひょいと傷にも触れてくる

そんなときうっかり言い訳もできぬ

たんたんと拒むとふうせんが萎《しぼ》む

きのうへの旅に喜劇もふたつみつ

引き潮の顔で見切りをつけられる

香気とはこれか白磁《はくじ》の壺が立つ

一本のペンからにんげんが香る

（わたくしの疎林6句）

錆の身を浸せば転げでるきのう

かいつまんで言えばともらす重い口

亡き師の表札にきのうが暮れ残る

風すこし出てくるわたくしの疎林《そりん》

うっかりと覚める曼荼羅《まんだら》への途中

わたしの渦がときどき鬼の顔をだす

（まだ裾をひく8句）

消しゴムで消せないわたくしの暗渠《あんきょ》
ひとりきりの祭りを皿に盛っている
絵文字へは絵文字こころを捲《めく》りあう

きのうの水の影棲むわたくしの鎖骨《さこつ》

孤独それぞれ　葱坊主《ねぎぼうず》にもわたしにも

夕映えもかなしみもまだ裾《すそ》をひく

遺句集だとしても支えてくれている

（わたしを爆ぜさせる7句）

ひび割れたこころのままの影になる

逝ったひとの声がきこえる祭りあと

静かといえばしずかに穴があいている
一本のペンがきのうを飾らない
まぼろしを踊っているのですこの世

絵手紙にざくろわたしを爆《は》ぜさせる

自棄《じき》の影ひとつを払えないでいる

（水音を近くする10句）

憎しみか愛かあなたをまださがす

引きよせた過去と流れている独り
訃のあとを記憶の中に鳴るピアノ
深く腰掛けて余韻のなかにいる

雪ダルマもわたしも白いまま逝けぬ

薄墨《うすずみ》のかかるさくらと暮れなずむ

やわらかいコトバの裏にひそむ憎《ぞう》

この世のやみを閉じて銀河にいるらしい

迷いは迷いのまま水音を近くする

わたしという雑木《ぞうき》も冬をまといだす

（水が来て座る13句）

ペンと紙のまつり火柱《ひばしら》たてている

一閃の独楽《こま》を回っているところ

水音へ怒りひとつを消してゆく

炎紋ってこの世の端にいるのです
忘却がおぼろな花にするきのう
埋《うず》み火《び》のようにわたしの中に棲む

団欒《だんらん》の影が独りを問うてくる
流木のかたちを生きているのです
きみの句をひろう砂金を採るように

逝ったひとのふたりはわたくしの菩薩
さみしいと書いてよけいにさみしくなる
真夜中の独りへ水が来て座る

あとがき

川柳を始めた一九九九年からいままで、嬉しかったことはいろいろあるが、いちばん嬉しかったのは二〇一五年に一年間川柳マガジン「読者柳壇」の選を依頼されたこと。なにが嬉しかったかというと、尾藤三柳師と恩師前田咲二先生お二人とご一緒に選ができることである。両師は「時事川柳」の共選をされていた。尾藤師は〝川柳界の第一人者〟で、前田先生は〝東の横綱〟と称えられていた。そんな両師とおなじ誌上で選ができるとは、光栄のひとことに尽きた。《乱世を酌む友あまたあり酌まむ》は尾藤師の、《水の底を水が流れている輪廻》は前田先生の代表句。故人となられたあとも、お二人はわたしの中に大きな位置を占めておられる。

当句集収載の句に、〝(川柳界の)女王〟森中惠美子先生にかつて大会で特選に採っていただいた句、《老人になってゆくのも役だろう》がある。一部書名の《さみしいと書いてよけいにさみしくなる》は、番傘川柳本社句会での先生の秀句(止めの句)。森中先生の選の秀句に採られることは、川柳作家にとっての名誉。先生はどういう句をよいと思っておられるのかが見えてくる。《省略の美学言葉に花が咲く》は先生の句集『ポケットの水たまり』にある句だが、柳歴が長くなるほどにしみじみと共感できるのではないだろうか。

年齢的に佳人薄命と言ってもらえる希望(笑)がなくなっても、できることなら佳人長命と言われるように川柳作家も年齢を重ねなければならない。なにぶん女性の平均寿命がいまや八十七歳を超えている。森中先生も歳には勝てず背中は曲がってこられたようだが、川柳という大きな生き甲斐をもっておられる。こうした生き甲斐があるかぎり、老年を恐れることはない。一つの道を貫いた老年は美しい。

私の住まいの、マンション四階の南向きベランダのすぐ横の米穀倉庫の屋根で雀が鳴いている。どんなに悲しいことのあった翌朝でも、どこからか鳥は来て鳴いていた。その声が逝った人の声、その影が逝った人の影ではないかと思うのである。故人となられた先生方、柳友のことをときどき思い浮かべている。ともあれ、すべては過ぎゆく時間の中にある。生きている限り、どなたにもかならず新しい朝がくる。

川柳に限らず、どんなことでもきちんと取り組もうとこれまで生きてきた。少しでもいい仕事をと考えるから、時間はかかったけれども。川柳も推敲は数えきれないほど。川柳作家として、根源的な孤独（絶対孤独）を受け入れることから始めなくてはと思う。口先だけではない、ポーズだけではない句を目指すには、孤独と向き合い、かつ超越して歩かなくてはと思った。そういう姿勢の川柳作家だけが、にんげんの奥を詠む川柳の未踏峰に達することができるのではないかと。

令和四年九月吉日

たむらあきこ

●著者略歴

たむらあきこ

和歌山市在住。1999年から川柳をはじめる。

川柳の“東の横綱”前田咲二に師事。川柳瓦版の会編集同人を経て、フリー。しんぶん赤旗「読者の文芸」川柳欄選者。全国各地を吟行中。

22年度、23年度、25年度、26年度咲くやこの花賞各優勝（永久選者）。第33回国民文化祭・おおいた2018「湯けむりたなびく温泉地別府 川柳の祭典」にて《一本のペンからにんげんが香る》で文部科学大臣賞。第36回国民文化祭・わかやま2021 〜黒潮薫るみかんの里 有田市 川柳の祭典〜 にて《木簡も書簡もにんげんの橋だ》で和歌山県知事賞。第10回、第11回、第18回川柳マガジン文学賞各準賞。川柳マガジンクラブ誌上句会第7期優勝。第28年度夜市川柳賞優勝。蟹の目大賞、光太夫賞ほか受賞多数。

著書に『たむらあきこ川柳集2010年』、『たむらあきこ千句』、『川柳作家ベストコレクション たむらあきこ』、『たむらあきこ吟行千句』、ほか『前田咲二の川柳と独白』（監修）。

令和川柳選書

よけいにさみしくなる

○

2022年12月24日　初　版

著　者

たむらあきこ

発行人

松　岡　恭　子

発行所

新　葉　館　出　版

大阪市東成区玉津1丁目9-16 4F　〒537-0023

TEL06-4259-3777㈹　FAX06-4259-3888

https://shinyokan.jp/

○

定価はカバーに表示してあります。

ISBN978-4-8237-1171-8